Anton von Vogl

Ueber den praktischen Werth der Brustmessungen beim Ersatzgeschäfte

Anton von Vogl

Ueber den praktischen Werth der Brustmessungen beim Ersatzgeschäfte

Unveränderter Nachdruck der Originalausgabe von 1877.

1. Auflage 2024 | ISBN: 978-3-38635-082-2

Antigonos Verlag ist ein Imprint der Outlook Verlagsgesellschaft mbH.

Verlag: Outlook Verlag GmbH, Zeilweg 44, 60439 Frankfurt, Deutschland
Vertretungsberechtigt: E. Roepke, Zeilweg 44, 60439 Frankfurt, Deutschland
Druck: Libri Plureos GmbH, Friedensallee 273, 22763 Hamburg, Deutschland

Ueber den praktischen Werth

der

Brustmessungen

beim

Ersatzgeschäfte.

Von

Dr. A. Vogl,
Stabsarzt in München.

(Mit einer Curventafel.)

MÜNCHEN
Jos. Ant. Finsterlin
1877.

450.

Ueber den praktischen Werth der Brustmessungen beim Ersatzgeschäfte.

Von Stabsarzt Dr. *A. Vogl* in München.

(Mit einer Curventafel.)

Die Brustmessungen haben den mannigfach einseitigen Anforderungen nicht entsprochen und wurden durch exacte Studien auch in ihrem Werthe in physiologischer und klinischer Richtung mit Erfolg angegriffen.

Die unendlichen individuellen Schwankungen innerhalb physiologischer Grenzen, Abweichungen durch äussere Zufälligkeiten etc. erwiesen die Schlussfolgerungen aus dem Umfang der Brust auf Gesundheit und Kraft im einzelnen Falle unverlässig. Damit wurde das überdiess zeitraubende Verfahren aus seiner mehr minder einflussreichen Stellung beim Ersatz-Geschäfte verdrängt.

Schon seit Jahren mit diesen Untersuchungen beschäftigt, war ich bemüht, durch Rechnung mit grossen Zahlen den Einfluss der genannten Schwankungen abzuschwächen; die gewonnenen Resultate sollten zu praktischen Folgerungen im Grossen berechtigen und im Einzelfalle der Brustmessung ihre Gleichstellung mit anderen Kriterien wahren.

Unter diesem Gesichtspunkte habe ich es mir zur erneuten Aufgabe gestellt:

I. Durch eine grosse Reihe von Messungen Mittelwerthe zu gewinnen für das Normal-Verhältniss von a) Körpergrösse zum Brustumfang,

        b) Körpergrösse zum Körpergewicht,

        c) Brustumfang zum Körpergewicht,

        d) Brustumfang zu den geraden Durchmessern;

II. Die hiebei gewonnenen Zahlen mit den Werthen in Vergleich zu stellen, welche sich aus den Untersuchungen einer Reihe Untauglicher ergeben;

III. Zu eruiren, ob und welche praktische Verwerthung die Brustmessung beim Ersatz-Geschäfte gestattet.

I.

Zunächst sei bemerkt, dass ich auf den Messungs-Modus „in der Athempause mit senkrecht über dem Kopfe zusammengefalteten Händen" angewiesen war, weil ich eine Controle meiner früheren Messungen anstrebte und damals dieses Verfahren aus nachstehenden Gründen gewählt hatte, die mir auch jetzt noch massgebend waren: es war mir nur um die Brustumfangs-Werthe und nicht um die Athemgrösse zu thun und diese letztere wird bei senkrechten erhobenen Armen auf das geringste Mass reducirt; ferners fallen die Schulterblätter hiebei aus dem Bereiche der (2.) Messungs-Linie und schliesslich kommt hiebei der Raum zwischen beiden Schulterblättern (Toldt'sche hintere Median-Furche) annähernd zum Ausgleiche. Ich habe ein englisches, in einer Kapsel durch eine starke Feder sich aufrollendes, einen halben Centimeter breites Stahlband in einer Horizontalen von rückwärts in der Weise um die Brust gelegt, dass der untere Rand den beiden Brustwarzen aufsitzt, somit in der sogenannten zweiten Messlinie gemessen; dieses schmale Band legt sich, ohne dehnbar zu sein, genau den Brustwandungen an, drückt die etwas vor-

springenden vorderen und hinteren Achselfalten nieder und
gestattet ein leichtes Ablesen des Masses. Als Zeitpunkt war
die Athempause gewählt bei einem körperlich und psychisch
ganz beruhigtem Zustande des zu Untersuchenden. So habe
ich eigenhändig im November vor. Jahres die so eben ein-
gereihte junge Mannschaft des k. Infanterie-Leib-Regiments
— 566 Mann — mit grosser Musse und Sorgfalt gemessen;
Gleichheit und Genauigkeit im Verfahren und Wahrheit in
Aufzeichnung und Berechnung waren mir leitender Grundsatz,
so dass ich dem Leser wohl das endlose Zahlen-Labyrinth,
welches zu durcharbeiten war, ersparen und sofort die Pro-
ducte vorlegen darf, welche ich aus den Durchschnitts-Zahlen
durch Interpolations-Berechnung gewonnen habe; die daraus
resultirende Curve soll dem Gesetze des proportionalen Ver-
haltens von I. a) b) c) d) nahe kommen.

a) Verhalten der Körpergrösse zum Brustumfang.
(siehe Fig. I. b. und Tab. I. b.)

Bei einer durchschnittlichen Körperlänge von 1,67 Meter
war der durchschnittliche Brustumfang 85,7 Centimeter,
 das absolute Umfangs-Max war 100 Cm. bei 1,70 M. Grösse
 das absolute Umfangs-Min. war 75 Cm. bei 1,58 M. Grösse.
 Auf 1 Cm. Grösse treff. durchschn. 0,506 Cm. Brustumfang,
 auf 1 Cm. Grössenzunahme „ 0,341 Cm. „ -Zunahme.
 Diese Zunahme des Brustumfanges hat aber in der Weise
statt, dass bei einer Grössen-Zunahme von 1,60 auf 1,70 M.
der Brustumfang um 4,2 Cm. ansteigt, von 1,70 bis 1,80 M.
Grösse aber der Brustumfang um 2,6 Cm. zunimmt.

Im Ganzen fallen auf 20 Cm. Längenzunahme 6,8 Cm.
Brustumfangs-Zunahme.

Die Curve (Fig. I. b.) veranschaulicht die Bestätigung des
gekannten Satzes, dass die Brustentwicklung von den Mittel-
Grössen an hinter der Längen-Entwicklung zurückbleibt. Zur
Controle dieser Ergebnisse führe ich die Resultate meiner im

*

Jahre 1868*) an 944 Rekruten vorgenommenen Messungen an, welche bei einer durchschnittlichen Körperlänge von 1,67 M. einen durchschnittlichen Brustumfang von 84,8 Cm. ergaben — eine Differenz, deren Grund in der verschieden rigorosen Auffassung, aber auch darin gelegen sein mag, dass die Jugend des damaligen Jahrganges in demselben Aushebungs-Bezirke (Geburts-Jahr 1847) auf einer ungünstigeren Entwicklungshöhe stand, als diejenige des heuer untersuchten (Geburts-Jahr 1856).

Die Zunahme des Brustumfanges erweist sich auch aus den damaligen Zusammenstellungen als eine viel rapidere in den von 1,60—1,70 M. ansteigenden Körpergrössen, als in den Körpergrössen von 1,70—1,80 M., so zwar der Brustumfang bei den Körpergrössen von 1,60—1,70 M. um 4,0 Cm. und bei den Grössen von 1,70—1,80 M. um 1,8 Cm. zunimmt — macht in Summa auf 20 Cm. Längen-Zunahme eine Brustumfangs-Zunahme um 5,8 Cm.

Einen weiteren Vergleich habe ich der Toldt' Arbeit angefügten Tabelle entnommen, aus welcher ich auf Grund der in Rubrik 2 angefügten Notizen (Bezeichnung der Leiche, Alter und sonstige Bemerkungen) 36 Untersuchungs-Objecte ausgeschieden habe, die als kräftig und speciell nicht „brustschwach" bezeichnet sind. Sie weisen bei einer durchschnittlichen Grösse von 1,69 einen durchschnittlichen Brustumfang von 85,6 Cm. auf.

Körber (Reexamination von 1400 Rekruten, Matrosen) fand bei den Oesterreichern einen durchschnittlichen Brustumfang von 85,2 Cm. und berechnete auf 3 Cm. Längen-Zunahme 1 Cm. Brustumfangs-Zunahme — somit vollkommen übereinstimmend mit meinem oben angeführten Ergebnisse. (Auf 1 Cm. Längenzunahme 0,341 Cm. Brustzunahme, das macht im Durchschnitte auf 3 Cm. Längenzunahme 1,023 Cm.

---

*) Aerztl. Intell.-Bl. Nr. 29. München, den 22. Juli 1869.

Brustzunahme). Die Messungen der Russen ergaben ihm einen durchschnittlichen Brustumfang von 94,5 Cm.

Ferners berechnet Körber:

Auf eine Grösse von 1,60 M. 81,4 Cm. Brustumfang,
„ „ „ „ 1,66 „ 84,2 „ „
„ „ „ „ 1,72 „ 87,1 „ „ .

Nach meiner Tabelle treffen:

Auf 1,60 M. Länge 82,2 Cm. Brustumfang,
„ 1,66 „ „ 85,0 „ „
„ 1,72 „ „ 87,1 „ „ .

Auch die Messungsresultate Frölichs an 725 Mann nähern sich den obigen; es ist nemlich hier nach der tiefsten Einathmung ein durchschnittlicher Brustumfang von 89 Cm. und nach der tiefsten Ausathmung ein solcher von 82 Cm. verzeichnet, woraus sich ein Brustspielraum von 7 Cm. ergibt. Zahlreiche Messungen nun, die ich zum Nachweise der Differenz zwischen der Frölich'schen Ausathmungsziffer (Brustumfang nach tiefster Ausathmung) und der Pausenziffer (Brustumfang bei ruhender Athmung) angestellt, haben mir ergeben, dass dieselbe im Durchschnitte 2 Centimeter beträgt, woraus sich also der Brustumfang auf 84 Cm. in der Athempause berechnen liesse; zieht man ferners noch die von mir geübte Messungsweise mit senkrecht erhobenen Armen in Betracht, die eine etwas höhere Brustumfangs-Ziffer gibt, so dürfte sich die Frölich'sche Ziffer, welche Messungen mit horizontalgehaltenen Armen entnommen ist, noch etwas erhöhen und den oben angegebenen Werthen annähern.

Ueber die Umfangs-Verhältnisse der Brust in verschiedenen Messlinien habe ich bei diesen Untersuchungen keine Aufzeichnungen gemacht, glaube aber an diesem Platze die Resultate meiner früheren Messungen anfügen zu dürfen, weil sie durch die Ergebnisse Toldt's (aus den als gesund und kräftig ausgeschiedenen 36 Mann) eine Controle und theilweise Bestätigung erfahren haben.

Es berechnete sich damals bei meinen 944 untersuchten Rekruten:

1) In der Messlinie durch die Vereinigung der Handhabe mit dem Körper des Brustbeines . 87,5 Cm.

2) In der Messlinie durch die beiden Brustwarzen (heuer 85,7 Cm.) . . . 84,8 „

3) Am unteren Ende des Brustbeinkörpers 80,2 „
Also in der 1. Linie um 7,3 Cm. mehr, als in der 3. Linie.

Bei T o l d t in 1. Linie . . . . 87,2 „

2. „ . . . . 85,6 „

3. „ . . . . 83,0 „

Nach H i r t z beträgt bei 100 Gesunden durchschnittlich der obere Perimeter der Brust um 7 Cm. mehr als der untere, analog meinen Ergebnissen.

Was die Brustumfangs-Zunahme in zeitlicher Beziehung betrifft, habe ich in meinen früheren Zusammenstellungen gezeigt, dass in dem Raume vom $20^{1}/_{2}$ — 21. Lebensjahr der Brustumfang durchschnittlich um 0,7 Cm. ansteigt.

Das Verhalten des Brustumfanges für sich, sowie in Beziehung zur Körpergrösse tritt in diesen übereinstimmenden Resultaten aus 2271 getrennt und verschiedenartig vorgenommenen Messungen als Gesetz hervor, welches der Beurtheilung der körperlichen Entwicklung junger Männer von 20 Jahren zu Grunde gelegt werden darf und muss.

b) V e r h a l t e n d e r K ö r p e r g r ö s s e z u m G e w i c h t.
(siehe Fig. I. c. Tab. I. c.)

Bei der durchschnittlichen Körperlänge von 1,67 Meter war das durchschnittliche Körpergewicht 62,6 Kilogrammes. Absol. Gew.-Max. 91 Kg. bei 1,73 M. Grösse u. 91 Cm. Brustumfg. Absol. Gew.-Min. 50 Kg. bei 1,63 M. Grösse u. 76 Cm. Brustumfg.

Auf 1 Cm. Körperlänge treffen 0,378 Kg. Gewicht,

Auf 1 Cm. Längenzunahme „   0,66 Kg. Gewichtszunahme.

Im Ganzen fallen auf die 20 Cm. Längenzunahme 13,2 Kg. Gewichtszunahme.

Derblich gibt an, dass bei einer Körperlänge von über 1,64 M. auf je 3 Cm. Längenzunahme 1 Kg. Gewichtszunahme fallen müsse — sonst sei das Individuum ein Schwächling zu nennen; nach vorliegenden Zusammenstellungen kommen bei Gesunden auf 3 Cm. Länge 1,9 Kg. Gewicht.

c) Verhalten des Brustumfanges zum Gewichte.
(siehe Fig. I. b. u. c. und Tab. I. b. u. c.)

Bei einem durchschnittlichen Brustumfange von 85,7 war das durchschnittliche Gewicht 62,6 Kg.

Die Beziehungen zwischen Brustumfang und Gewicht können nur an Individuen von gleicher Körpergrösse erkannt werden und finden sich durch b) und c) der Fig. u. Tab. I. dargestellt.

Auf 1 Cm. Brustumfang treffen 0,744 Kg. Gewicht,

Auf 1 Cm.   „   -Zunahme 1,94 „ Gewichtszunahme.

Auf eine Brustumfangs-Vermehrung um 6,8 Cm. fällt eine Gewichtszunahme von 13,2 Kg.

Frölich berechnet auf 1 Cm. Brustumfang 0,712 Kg. Gewicht.

d) Verhalten der geraden Durchmesser der Brust zum Brustumfang. (S. Fig. II. a. b. c. Tab. II. a. b. c.).

Die Messungen wurden mit dem Tasterzirkel gemacht unter denselben Verhältnissen wie die Brustumfangsmessung d. h. bei senkrecht erhobenen Armen in der Athempause. Sie wurden an 3 verschiedenen Stellen der Brust vorgenommen und zwar:

1) vom vorderen Rande der Incis. jugul. —

2) von dem Mittelpunkte der beide Mammen verbindenden Horizontalen —

3) vom untern Ende des Brustbeinkörpers i. e. der Verbindungsstelle des Schwertfortsatzes —

zur diametral gegenüberliegenden Stelle der Wirbelsäule, welche als nicht constant hier nicht bezeichnet ist.

Diese geraden (sterno-vertebral- oder sagittal) Durchmesser betrugen durchschnittlich:

in der 1. Messlinie, also o b e n   13,0 Cm.

    2.   „   „ mitten 18,9 „

    3.   „   „ unten 18,9 „

auf 1 Cm. Brustumf. treffen oben   0,146 „ gerad. Durchmesser

    „   mitten 0,216 „   „

    „   unten 0,216 „   „

auf 1 Cm. plus Umf. treffen oben   0,08 „ plus gerad. Durchm.

    „   mitten 0,17 „   „

    „   unten 0,17 „   „

auf 25 Cm. plus Umf. treff. oben   2,0 „   „

    „   mitten 4,3 „   „

    „   unten 4,3 „   „

Von den in dieser Richtung anderwärts vorgenommenen Messungen erwähne ich zum Vergleich zunächst die von Wintrich; dieser fand in seiner viel tiefer, als oben genannte 1. Messlinie, also   .   .   .   oben   16,58 Cm.

in der 2. Messlinie, .   .   also   .   mitten 19,23 „

in der 3. Messlinie, .   .   .   also unten 19,23 „

Nach T o l d t beträgt der Sagittaldurchmesser an einem des Schultergürtels beraubten Thorax:

1) vom obern Ende des Brustbeines zur Vert., oben   14,2 Cm.

2) in der Höhe der Mammen   .   .   mitten 16,4 „

3) am untern Ende des Brustbeinkörpers   unten 17,0 „

K r a u s e setzt diese Raumverhältnisse am Skelete in nachstehender Weise fest:

1) Vom obern Rande d. Manub. stern. zur 1. Vert. dors. 5 —6,5 Cm.
2) Von der Mitte des Stern. bis zum 6. Vert. dors. 12—14,5 „
3) Vom proc. xiphoid. zur 12. Vert. dors.   14,5—19,0 „

II.

Es mag nun genügen zu wissen, dass z. B. bei einer Körperlänge von 1,70 durchschnittlich der Brustumfang 86,4 Cm., das Gewicht 64,5 Kg., der gerade Brustdurchmesser oben 12,8 Cm., mitten und unten 18,7 Cm. beträgt, um aus einem Plus oder Minus dieser Werthe im einzelnen Falle eine Schlussfolgerung auf günstigere oder ungünstigere körperliche Verhältnisse ziehen zu können.

Stellt man nun diesen an vollkommenen Leistungsfähigen gewonnenen Durchschnitts-Werthen eine Reihe evident Untauglicher — wegen mangelnder Kraft — gegenüber, nachdem ihre Grössen- und Brust-Verhältnisse in gleicher Weise geprüft sind, so wird man an der Hand wissenschaftlicher und empirischer Beobachtung wohl an eine Grenzlinie kommen, an welcher die absolute körperliche Insufficienz beginnt.

Zu diesem Zwecke habe ich seit Jahren die mir zur Lazareth-Behandlung zugeführten und die der Sanitäts-Commission vorgestellten Soldaten, welche sich den Anforderungen des Dienstes aus Mangel an Kraft nicht gewachsen fühlten, eingehenden Messungen und physikalischen Untersuchungen unterzogen; die Krankheitsformen derartig untersuchter 224 Individuen (zwischen 20.—23. Lebensjahr) waren ausschliesslich Schwächlichkeit und pathologische Zustände der Respirations-Organe: häufige Lungenkatarrhe, Spitzenkatarrhe, nachgewiesener Bluthusten bei sehr erregbarer Herzaction, hereditärer Anlage, phthisischer Habitus mit oder ohne physikalischen Objectivbefund, chronisch-pneumonische Vorgänge, Pleuritiden; ferner Kropf und bedeutender Athmungsstörung, Verengerung der Nasengänge etc.; diese letztgenannte Anomalie veranlasst mich zur Einschaltung der Bemerkung, dass sie bei ihrer

nicht geringen Seltenheit und der bedeutenden Beeinträchtigung der Luftzufuhr einer erhöhten Beachtung würdig wäre;
die S förmige Verkrümmung der Nasenscheidewand und die
hiemit verbundene winkliche Formation des harten Gaumen-
gewölbes schliesst den Luftzutritt gewöhnlich auf beiden Seiten
ab und nicht blos auf Einer, und macht auf diese Weise
dem stets mit geöffnetem Munde athmenden Manne jede ge-
steigerte Anforderung ebenso peinlich als gefahrvoll.

Eine weitere Anomalie, die sog. eingedrückte Brust, bei
welcher die unteren Theile des Brustbeinkörpers gegen das
Thorax-Cavum eingebogen und seitlich von den hervorgewölb-
ten Rippenansätzen überragt werden, ist so häufig mit subjectiven Beschwerden verbunden, dass hiebei wohl die Ver-
muthung einer alterirten Herzaction — gestörte Volums-
Veränderung bei erhöhter Thätigkeit   nicht zurückzuweisen
sein dürfte. Die Anforderung eines Laufschrittes mit Sack
und Pack sollte an einen damit behafteten nicht gestellt
werden.

Die Ergebnisse der Brustmessung dieser wegen Athmungs-
Insufficienz oder Schwächlichkeit als dienstunbrauchbar ent-
lassenen 224 Individuen waren: (siehe Fig. I. a. u, Tab. I. a.)
Bei einer durchschnittlichen Grösse von 1,64 M. war der
durchschnittliche Brustumfang 80,7 Cm. Das absolute Brust-
umfangs-Maximum war 91 Cm. (an 4 Individuen mit je 1,78,
1,75, 1,71, 170 M.) Das absolute Brustumfassungs-Minimum
war 71 Cm. (bei 1,62 M. Grösse). Auf 1 Cm. Körperlänge
treffen 0,40 Cm Brustumfang (bei den Tauglichen 0,506 Cm.)

Von 224 Untaugl. hatten zwischen 70 — 80 Cm. Umfg.				34,3 %
	„	80 — 90 „	„	63,8 „
	„	90 — 100 „	„	1,7 „
Von den 566 Tauglichen	„	70 — 80 „	„	4,1 „
	„	80 — 90 „	„	80,2 „
	„	90 — 100 „	„	15,5 „

Zur Mehrung des Materiales wurden oben bei Besprechung des Normalverhältnisses von Körpergrösse zum Brustumfang aus den 50 von Toldt untersuchten ·Fällen 36 herausgenommen, welche kräftigen und gesunden Individuen entsprechen; diese hatten bei einer durchschnittlichen Körpergrösse von 1,70 einen durchschnittlichen Brustumfang von 85,5 Cm.

Die nun von diesen 50 restirenden 14 Fälle, welche in den Bemerkungen als „schwächlich, nicht kräftig" etc. gekennzeichnet sind, (Fälle Nr. 2, 4, 8, 11, 13, 16, 17, 21, 33, 34, 43, 45, 49, 50) ergeben bei einer durchschnittlichen Körpergrösse von 1,70 M. einen durchschnittlichen Umfang der Brust von 81,53 Cm.

Was nun das Verhalten der geraden Durchmesser meiner 224 Untauglichen betrifft (siehe Fig. 8. Tab. III. a, b, c) so ergaben sich:

      in der obersten Messlinie durchschnittlich 13,16
      „ „ mittleren   „   „   18,81
      „ „ unteren   „   „   18,11

bei einem durchschnittlichen Umfange von 80,7 Cm.

Dem Vergleiche mit den 566 Tauglichen, welche durchschnittlich oben 13,0 Cm., mitten 18,9 Cm., unten 18,9 bei einem durchschnittlichen Brustumfange von 85,7 hatten, lässt sich entnehmen:

1) dass bei den Untauglichen trotz des um 5 Cm. geringeren Brustumfanges der oberste sagittale Durchmesser um 0,16 Cm. mehr beträgt, als bei den Tauglichen,

2) dass bei den Untauglichen in der mittleren Messlinie der gerade Durchmesser etwas (um 0,09 Cm) hinter dem der Tauglichen zurückbleibt,

3) dass bei den Untauglichen in der 3ten Messlinie der gerade Durchmesser um 0,8 Cm. geringer ist, als bei Gesunden.

Aus diesem Verhalten des sagittalen Durchmessers resultirt Verkleinerung des frontalen Durchmessers in den oberen und Vergrösserung des letzteren in den unteren Partieen der Brust, welche, in Zahlen gegeben, eine numerische Bezeichnung bieten für „schmale Brust".

III.

Diese Raumbeengung in den oberen Brustpartieen, welche fast ausschliesslich auf Kosten des Querdurchmessers statt hat, wird durch die Messung des Brustumfangs in der 2. Messlinie nachgewiesen; sie ist es auch, welche in der Pathogenese der Athmungs-Organe in erster Linie ins Auge gefasst wird und eben desshalb in der Erledigung der Untauglichkeitsfrage wohl zu würdigen ist, sie muss im einzelnen Falle Bedenken erwecken, das Individuum solchen Schädlichkeiten auszusetzen, welche überwiegend auf die Function der Athmungs-Organe ihren Einfluss ausüben.

Damit wäre es nicht so fast die Ermittlung des Lungen-Volumens, welche wir zur Bestimmung der Leistungsfähigkeit anzustreben hätten, als vielmehr die Feststellung jener Raumbeengung in den oberen Brustpartieen, welche an sich schon durch Beeinträchtigung der Organ-Function zu Erkrankungen der Lunge disponirt und vom ärztlichen Standpunkte aus die Annahme der militärischen Leistungs-Unfähigkeit gebietet.

Von diesem Gesichtspunkte aus dürfte die Zusammenstellung der Brustmessungs-Resultate an Gesunden und Schwachen einerseits und die Ergebnisse der physikalischen Untersuchung und dienstlichen Beobachtungen anderseits die Fixirung einer Grenzlinie praktisch berechtigen, unter welcher die Kriegstüchtigkeit ausgeschlossen werden darf. Die wichtigste Aufgabe der Brustmessung wäre also — abgesehen von ihrer statistischen Bedeutung — damit präcisirt, die Zahl derer zu vermindern, welche bei evident schmaler Brust alljährlich mit Unrecht eingereiht und nachträglich (nach 1—2 Jahren) wegen Anlage zur Lungen-Phtise wieder ausgemustert werden oder den an sie gestellten Anforderungen zum Opfer fallen.

Meine ausgedehnten vergleichenden Untersuchungen durch Zusammenstellung sämmtlicher Individuen ein und derselben Grösse führten mich stets an einen Brustumfangswerth, bei welchem ein unbefangenes ärztliches Urtheil die absolute Unfähigkeit anerkennen muss und wo diese auch meist dienstlich zur Wahrnehmung gekommen ist. Die Berücksichtigung des gesetzmässigen Ansteigens des Brustumfanges mit der Körpergrösse, die Würdigung der in den einzelnen Körpergrössen nachweisbaren Schwankungen des Brustumfanges nach oben — Maximalwerthe — und schliesslich der Vergleich der Brust-Verhältnisse evident Tauglicher und Untauglicher ergaben mir als Minimalwerthe mehr weniger dieselben Punkte, die mir auch die ärztliche Beobachtung und Prüfung ohne weitere Be·rechnung als äusserste Grenze erscheinen liessen.

Auf diese Weise habe ich 75 Cm. als minimal zulässigen Brustumfang für die Körpergrösse 1,55 M. festgestellt und von diesem Ausgangspunkte aus auf eben angegebenem Wege die minimalen Umfangswerthe für jede einzelne Grösse gewonnen; dies ergab mir bei meinen Untersuchungen im Jahre 1868 anstehendes Schema:

Bei Körperlänge von 5′ 10″ = 1,70 M. ist Brustumfang 81 Cm.

,,	5′ 9″ = 1,67 ,,	,,	80	,,
,,	5′ 8″ = 1,65 ,,	,,	79	,,
,,	5′ 7″ = 1,62 ,,	,,	78	,,
,,	5′ 6″ = 1,60 ,,	,,	77	,,
,,	5′ 5″ = 1,57 ,,	,,	76	,,
,,	5′ 4″ = 1,55 ,,	,,	75	,,

als minimale Grenze anzunehmen.

Bei den Körpergrössen über 1,70 M. hatte ich damals keine bestimmten Grenzpunkte berechnet, da mir das gesetzmässige Verhalten des Brustumfanges zu denselben noch nicht klar genug ersichtlich war.

Wenn ich solchen Aufstellungen nicht die Bedeutung einer unanfechtbaren wissenschaftlichen Wahrheit beilege und in ihnen nur ein Mittel erkenne, welches den trügerischen

„praktischen Blick" des Untersuchenden ersetzen und den nicht immer conformen Anschauungen über Leistungsfähigkeit eine einheitliche Directive bieten soll, so wird man den Werth der Brustmessungen um so weniger angreifen, als in nachstehenden Daten die Dringlichkeit eines einheitlichen Massstabes — Minimal-Grenzlinie — dargethan sein dürfte.

Von den heuer von mir untersuchten 566 Mann hatten 19 Mann, somit 3,5 Proc., eine Brustumfangs-Ziffer, welche unter der eben auseinandergesetzten Minimal-Grenze gelegen ist. Um nun die Körperlichkeit dieser Individualitäten kennen zu lernen, füge ich die Notizen an, die schon vor der Messung über dieselbe eingetragen waren:

	Grösse:	Brustumf.:	Gewicht:
Nr. 1) . . ., sehr schwächlich,	1,63 M.	76 Cm.	50 Kg.
2) . . ., „	1,70	80	58
klagt Brustbeschwerden.			
3) . ., schwächl. Oecon. Arbeit.	1,60	76	52,5
4) . ., „	1,60	76	52,0
5) . . ., gracil eingedr. Brust,	1,60	76	52,2
6) . . ., lange schmale Brust,	1,68	77	52,5
beiderseits eingesunkene Infraclavicular-Gegend, Lun-			
genspitzen überragen wenig die Claviculae.			
7) . . ., schlechte Brust,	1,69	79	55,5
8) . . ., nicht kräftig,	1,59	75	54,0
9) . . ., schwächlich,	1,71	78	55,0
10) . . .,	1,66	78	55,0
klagt Husten, Beklemmung, ohne physik. Befund.			
11) . . ., nicht kräftig	1,72	79	59,5
ein Knecht aus Erding (fast ungünstigster Bezirk).			
12) . . ., schwächlich	1,73	79	60,0
Commis, als Freiwilliger auf 3 Jahre eingetreten.			
13) . . ., schwächlich	1,62	77	67,5
Krampfadern an beiden Unterschenkeln.			
14) . . .,	1,66	79	60,0
Tapetendrucker, klagt Heiserkeit und Katarrh.			

		Grösse:	Brustumf:	Gewicht:
15) ..., schwächlich		1,71 M.	78 Cm.	59 Kg.
flache Brust, Schneider.				
16) ..., schwächl., Bildhauer	1,64	77	56
17) ..., eingedr. Brustbein	1,69	79	55
18) ..., schwächlich	1,69	79	55,5
etwas dicker Hals.	.			
19) ..., schwächlich		1,68	79	52,5

16) ..., schwächl., Bildhauer 1,64 77 56

17) ..., eingedr. Brustbein 1,69 79 55

18) ..., schwächlich 1,69 79 55,5
etwas dicker Hals. .

19) ..., schwächlich 1,68 79 52,5
schlechte Haltung, mässige Genua valg. beiderseits,
leichter Kropf.

In der Tabelle A. von Toldt habe ich 5 Mann unter
50, also 10 Proc. gefunden, deren Brustumfang das von mir
angenommene Minimalmaass nicht erreicht hat. Ich recitire
hier die von Toldt über ihren Zustand im Allgemeinen und
der Todesursache angefügten Bemerkungen:

	Grösse:	Brustumf.:
Nr. 1) ... (Toldt Nr. 12) kräftig, an Pneumonie gestorben	1,65 M.	78,5 Cm.
2) ... (T. Nr 17) nicht sehr kräftig, an Erysipel gestorben	1,67	77
3) ... (T. Nr. 19) herabgekommen, an Caries diverser Gelenke gest.	1,68	76
4) ... (T. Nr. 21) schwächl., abgemag., cylindr. Thorax-Form, an acuter florider Phthise gestorben	1,68	70,5
5) ... (T. Nr. 30) wenig kräftig, mager, an Pneumonie gestorb.	1,86	81,5

Von den 244 Mann, wegen Schwächlichkeit und verschiedener pathologischer Zustände der Athmungs-Organe un-
tauglich erklärt, hatten 58 Mann, also 24,2 Proc., unter dem
angesetzten Minimalbrustmaasse, bei einer durchschnittlichen
Körpergrösse von 1,69 Meter.

Aus dieser Casuistik ist zu ersehen, dass die Würdigung
einer Grenzlinie, wie ich sie aufgestellt, wohl in keinem ein-
zigen Falle eine fehlerhafte gewesen wäre; es wäre damit kein
Tauglicher, wohl aber eine grosse Procentzahl absolut Untaug-

licher der Einreihung entzogen worden, welche doch sicher dem Interesse des Dienstes nicht förderlich war. (Der von Toldt (No. 12) als kräftig bezeichnete Mann steht ganz an der minimalen Grenzlinie.)

Der Einwurf, dass ein richtiger Blick auch ohne solche Directive die Einreihung so evident Untauglicher hätte vermeiden können, kann bei einiger Kenntniss des Ersatzgeschäftes nicht erhoben werden; auf einem Gebiete, wo der subjectiven Anschauung ein so grosser, der objectiven Untersuchung ein so kleiner Spielraum gegeben ist, müssen leitende Bestimmungen willkommen sein. Die Feststellung von minimalen Umfangswerthen aber, ohne Rücksichtnahme auf Körpergrösse, wird ebensowenig eine richtige und einheitliche Beurtheilung erzielen, als die Bestimmung, dass „der Brustkorb breit und gewölbt, die Schulterblätter fleischig sein müssen" etc. etc. Auch die Thesen, der Brustumfang soll der halben Körperlänge gleich sein, oder ein 1,4 Cm. mehr als diese betragen, das Spatium intermammale soll dem 4. Theil des Brustumfanges gleich, somit 20 Cm. messen, während es im 1. Stadium der Phthise 19 Cm., im 2. und 3. 17 Cm. betrage etc. etc., sind nicht begründet genug, um praktische Schlussfolgerungen zu gestatten.

Nachdem ich nun die vor zehn Jahren aufgestellte Grenzlinie durch neue Untersuchung geprüft, praktisch verwerthbar befunden und auch auf die höheren Werthe der Körperlänge berechnet und ausgedehnt habe, lege ich sie hiemit in Fig. IV a, Tafel IV a vor; es ist daraus ersichtlich, dass die fixen Punkte, welche der Curvenbildung zu Grunde gelegt wurden, die minimal zulässigen Brustumfangs-Werthe von 77,0 Cm., 81,2 Cm. und 83,8 Cm. für je eine Grösse von 1,60 M., 1,70 M. und 1,80 M. sind. (Fig. IV b und Taf. IV b, wie Fig. I b und Tab. I b repräsentiren die aus den Ergebnissen der 566 Untersuchungen gebildete Curve.)

Diese Punkte sind sämmtlich tiefer gelegen, als die Minimal-Werthe, wie sie von anderer Seite festgestellt werden;

so nennt **Frölich** einen „Exspirations"-Brustumfang von unter 75 Cm. eine unreife Brust, und einen solchen von 76 Cm. nur eine relativ befriedigende; **Kratz** bezeichnet als Minimalmaass für eine Körperlänge von 1,78 M. 87 Cm., und für 1,57 M. Länge 78 Cm. Brustumfang; in Oesterreich ist der Umfang von 76,4 Cm. die äusserste Grenze...

Solchen Sätzen gegenüber bin ich nun nicht in der Lage, der von mir aufgestellten Linie eine Garantie beizulegen, dass nicht eine mehr minder grosse Zahl mit höheren Brustwerthen als „brustschwach" anzuerkennen wäre, desto sicherer aber sind diejenigen Brustumfangswerthe, die unter meiner Curve gelegen sind, eine Gewähr für die absolute Dienstunfähigkeit; die Verschiedenheit der individuellen Anschauungen über eine solche aber lässt eine Richtschnur Bedürfniss erscheinen zur Erzielung correcter und gleichmässiger Urtheile; durch gesetzliche Anerkennung eines Brustumfangs-Minimums für jede Grösse wäre der Willkür in der Auffassung eine Grenze gesetzt und damit Wesentliches erreicht. Darauf allein soll sich der massgebende Einfluss des Brustmessungs-Resultates im einzelnen Falle beschränken.

Der weitere Zweck einer nach einheitlichem Modus durchgeführten Brustmessung ist, deren aufgezeichneten Werthen im Vereine mit Grösse und Gewicht eine approximative Schätzung der körperlichen Verhältnisse des Einzelnen zu entnehmen und darauf eine verlässige Statistik aufzubauen. So wesentlich wichtig es in der dienstlichen Praxis wäre, Aufzeichnungen über die körperlichen Eigenschaften (Brust, Grösse und Gewicht etc.) des Einzelnen bei seinem Zugange zur Verfügung zu haben, ebenso bedeutungsvoll wäre es, aus statistischen Zusammenstellungen den körperlichen Zustand der verschiedenen Ersatz-Bezirke, Jahrgängen etc. im Ganzen kennen zu lernen.

Die anstehenden Tabellen, welche die Grössen-, Brust- und Gewichts-Verhältnisse der Rekrutirungs-Bezirke des Regiments, verschiedener Jahrgänge und Gewerbe in sich fassen, deuten an, in welcher Weise genaue Untersuchung des Einzelnen und statistische Bearbeitung der Ergebnisse derselben thatsächliche Aufschlüsse geben könnten, namentlich wenn sie die ganze wehrpflichtige Jugend — Taugliche und Untaugliche — in sich fassen würde. — Meine Aufzeichnungen

Durchschnitts-Werthe der Grösse des Brust-

1876

Bezirk	Zahl	Grösse
Berchtesgaden .	8	1,70
Rosenheim . .	61	1,69
Vilshofen . .	18	$1,68_5$
Traunstein . .	44	$1,68_3$
Deggendorf . .	21	$1,68_3$
Wasserburg . .	34	$1,67_9$
Altötting . .	30	$1,67_3$
Verschied. Bezirke	198	$1,67_0$
Laufen . . .	22	$1,67_0$
Aichach . .	4	$1,67_0$
Ebersberg . .	37	$1,66_7$
Mühldorf . .	53	$1,66_0$
Erding . .	37	$1,65_1$
Summa	566	1,67 M. durchschn.

1876

Bezirk	Zahl	Gewicht
Deggendorf . .	21	64,5
Laufen . .	22	64,4
Vilshofen . .	18	63,9
Berchtesgaden .	8	63,6
Traunstein . .	44	63,1
Rosenheim . .	61	63,1
Ebersberg . .	37	63,0
Verschied. Bezirke	198	62,8
Wasserburg . .	34	62,5
Erding . .	37	62,4
Altötting . .	30	61,9
Mühldorf . .	53	60,8
Aichach . .	4	57,8
Summa	566	62,6 Kg. durchschn.

1876

Gewerb	Zahl	Grösse
Maurer . .	13	1,70
Schreiber, Commis	7	1,69
Müller . . .	13	$1,68_5$
Bräuer . . .	12	$1,68_5$
Bauern . .	374	$1,68_2$
Zimmerleute .	19	1,68
Metzger . . .	11	$1,67_4$
Schmiede, Schlosser	15	$1,67_0$
Weber . . .	3	1,67
Verschied. Gewerbe	61	1,66
Schuster . .	29	1,66
Schneider . .	7	1,66
Studirende .	2	1,64
Summa	566	1,67 M. durchschn.

1876

Gewerb	Zahl	Gewicht
Bräuer . .	12	68,4
Weber . . .	3	66,6
Metzger . .	11	65,3
Müller . . .	13	64,7
Maurer . .	13	63,6
Zimmerleute .	19	63,5
Schreiber . .	7	63,5
Bauern . .	374	63,3
Schmiede . .	15	63
Verschied. Gewerbe	61	62,5
Schuster . .	29	59,8
Schneider . .	7	57,8
Studirende .	2	57,5
Summa	566	62,6 Kg. durchschn.

vom Jahre 1868 (Jahrgang 1847) beschränken sich auf den Brustumfang, die vom Jahre 1876 aber (Jahrgang 1856) enthalten Grösse, Umfang und Gewicht neben einander gestellt und bedürfen wohl keiner weiteren Erläuterung. In gleicher Weise habe ich für jede Compagnie ihre Grössen-, Gewichts- und Brustumfangs - Durchschnittszahl berechnet; diese Ergebnisse, nicht ohne praktischen Werth, sollen hier nicht weiter in Betracht kommen, um die Arbeit nicht zu sehr auszudehnen.

Umfanges u. Gewichtes nach Bezirken u. Gewerben.

1876			1868		
Bezirk	Zahl	Umfang	Bezirk	Zahl	Umfang
Deggendorf . · .	21	87,6	Altötting . .		86,0
Laufen . .	22	87,1	Rosenheim . .		85,7
Vilshofen . .	18	86,8	Berchtesgaden .		85,4
Altötting . .	30	86,4	Erding . .		85,1
Ebersberg . .	37	86,0	Laufen . .		85,0
Verschied. Bezirke	198	85,7	Wasserburg . .		85,0
Traunstein . .	44	85,5	Aichach . .		85,0
Rosenheim . .	61	85,3	Mühldorf . .		85,0
Wasserburg . .	34	85,3	Traunstein . .		84,9
Berchtesgaden ,.	8	84,5	Ebersberg . .		84,8
Aichach . .	4	84,2	München . .		81,5
Mühldorf . .	53	83,8	Verschied. Bezirke		
Erding . .	37	83,7			
Summa	566	85,7 Cm. durchschn.	Summa	944	84,8 Cm. durchschn.

1876			1868		
Gewerb	Zahl	Umfang	Gewerb	Zahl	Umfang
Bräuer . .	12	90	Bräuer . . .		88,6
Zimmerleute .	19	88,2	Zimmerleute .		87,9
Müller . . .	13	86,7	Metzger . .		86,8
Weber . . .	3	86,6	Müller . . .		85,9
Metzger . .	11	86,4	Bauern . .		85,7
Bauern . .	374	86,1	Maurer . .		84,9
Schmiede,Schlosser	15	85,7	Schmiede,Schlosser		84,7
Maurer . .	13	85,4	Schuster . .		83,5
Verschied. Gewerbe	61	84,8	Schneider . .		83,3
Schuster . .	29	84,3	Weber . .		83,1
Schreiber, Commis	7	83,8	Verschied. Gewerbe		83,1
Studirende .	2	82,5	Studirende . .		82,9
Schneider . .	7	80	Schreiber, Commis		81,1
Summa	566	85,7 Cm. durchschn.	Summa	944	84,8 Cm. durchschn.

Man hat nun auf derartige volkswirthschaftlich und militärisch gleich wichtige Resultate der Statistik verzichtet und sich auf Schlussfolgerungen aus der Zahl Untauglicher oder aus dem durchschnittlichen Grössenverhältnisse auf den Gesundheitszustand eines gewissen Menschen-Complexes beschränkt; statt der Statistik die reichhaltigsten Quellen der Forschung zu eröffnen, geht alljährlich die gesammte wehrpflichtige Jugend unverwerthet an dem Ersatz-Geschäfte vorüber.

Der Grund hiefür liegt dem nicht ferne, der je einmal beim Ersatz-Geschäfte activ betheiligt war; er liegt in der Anlage des Geschäftssystems, in welchem principiell die ärztliche Function und Meinungs-Aeusserung dem ganzen Verfahren in einer Weise untergeordnet sind, dass damit jede Bedingung zu einer nur einigermassen verlässigen wissenschaftlichen Untersuchung geradezu ausgeschlossen ist. Man begnügt sich mit den einseitigen Aussprüchen der ärztlichen Routine und scheint sich noch nie die praktischen Erfolge einer auf wissenschaftlicher Grundlage mit Musse, Fleiss und allseitiger scentifischer Befähigung durchgeführten ärztlichen Untersuchung vergegenwärtigt zu haben. Der Arzt wird unvorbereitet einer bewältigenden Menge von Individuen gegenüber gestellt und soll gedrängt durch ungünstige Zeit- und Orts-Verhältnisse pathologische Zustände erkennen und benennen, deren Bestimmung er in gewöhnlichen Verhältnissen oft nach wiederholter Untersuchung nicht wagt und soll über das Vorhandensein von Gebrechen entscheiden, welches nur durch anamnestische Momente, die aber nicht zu Gebote stehen, zu constatiren ist. Die Folge davon ist, dass er sich die Gewandheit aneignet, Zweifel zu unterdrücken und ebenso „rasch als sicher" seine Thätigkeit zum Abschluss zu bringen; er ist zur Oberflächlichkeit und zu Leistungen genöthigt, die weit unter dem Niveau seines Wissens stehen und nur dazu angethan sind, durch ihre nachträglichen zahllosen Dementis das Vertrauen in das ärztliche Urtheil und Pflichtgefühl zu erschüttern. Abgesehen davon kann die Art und Weise, wie der ärztliche Antheil beim Ersatzgeschäfte bethätigt wird, nicht im Sinne des Gesetzes liegen, da eine so massenhafte Einreihung absolut Untauglicher und sicher auch häufige Ausmusterung Tauglicher das Interesse des Dienstes nicht weniger als das des Einzelnen schädigt.

Von diesem Gesichtspunkte aus erscheint es mir Pflicht, das Bedürfniss einer Umgestaltung zu constatiren; an Stelle der bisherigen oberflächlichen Besichtigung muss eine ärztliche Untersuchung Platz greifen, welche über Zeit und Raum sowie alle Hilfsmittel und Quellen der Wissenschaft verfügen kann; nur eine eingehende Prüfung des Einzelfalles kann eine gerechte Entscheidung ermöglichen und den Grund zu einer wahrheitsgetreuen Statistik liefern.

Unter den gegebenen Umständen aber, wie das eigentliche Ersatzgeschäft sich abwickeln muss, kann die ärztliche Sparte unmöglich gleichzeitig die gewünschte erfolgreiche Thätigkeit entfalten können. Der Schwerpunkt der Reform ist vielmehr in der Durchführung vorbereitender Arbeiten zu suchen.

Alle nicht ärztlichen Fragen, speciell die sog. Reclamationen, sind von den Civilbehörden schon vor Beginn der Aushebung soweit auf dem Standpunkte des Rechts geprüft und instruirt, dass sie spruchreif der Ersatzcommission zur Entscheidung vorgelegt werden können. Die ärztlichen Fragen dagegen müssen, ohne irgendwie informirende Anhaltspunkte zu bieten, in einem gedrängten Zeitraume sofort beim Ersatz-Geschäfte aufgenommen und erledigt werden. Dieser Contrast allein schon ist ein Beleg für die geringschätzende Beurtheilung der Fragen über körperliche Tauglichkeit an massgebender Stelle. Und doch wird Niemand den Wunsch unlogisch finden, dass auch das ärztlich zu bearbeitende Material schon vor Antritt des eigentlichen Ersatzgeschäftes übersichtlich geordnet und im Detail gekannt wäre; es könnte der Thätigkeit der Ersatzcommission nur förderlich sein, wenn diese in tabellarischer Zusammenstellung ein Bild vorgelegt bekäme, welche körperliche Beschaffenheit (Grösse, Brust und Gewicht), Vorzüge oder Anomalieen der betreffende Bezirk bietet, wie viele sich körperlich zu Specialwaffen eignen, und der Arzt würde Alles finden, was er jetzt vermisst, um den gegebenen Fall richtig beurtheilen zu können, wenn durch solche vorbereitende Arbeiten ihm ein erschöpfender Bericht über bereits gemachte Wahrnehmungen und Ergebnisse erhobener Recherchen zur Verfügung gestellt würde; damit wären diejenigen Massnahmen, welche zur Feststellung von Gebrechen so häufig erst während der Präsenz des Mannes getroffen werden, in der Zeit vor seiner Einreihung verlegt. Die nachträglichen Untauglichkeits-Erklärungen, wohl nie ganz zu umgehen, würden auf ein Minimum herabgesetzt werden.

Der Vollzug derartiger Vorarbeiten böte einen reichhaltigen Wirkungskreis für einen Arzt, der am ständigen Sitze eines Landwehrbezirks-Commandos in unabhängiger Thätigkeit den Gesundheitszustand des betreffenden wehrpflichtigen Jahrganges im Ganzen und in seinen Theilen zu erheben und mit diesen Ergebnissen dem Ersatzgeschäfte selbst als Referent beizuwohnen hätte. Die Bestimmung zu einer derartigen Function müsste selbstverständlich auf Militär-Aerzte (eventuell ausser Dienst befindliche) fallen, welche sich mit den Methoden der Specialuntersuchungen vertraut gemacht und nach jeder Richtung der Aufgabe gewachsen sind. Unter gänzlichem Verzichte auf privatärztliche Thätigkeit, mit dieser Stellung nicht vereinbar, hätte der Arzt in festgesetzten Bureaustunden unter rigoroser Wahrung der amtlichen Form die Angaben derjenigen Wehrpflichtigen entgegen zu nehmen, die ihm in vereinbarter Zeit- und Reihenfolge von Seite der Civilbehörde (während des der Aushebun vorausgehenden Jahres) von kurzer Hand zugewiesen werden. Die mit wissenschaftlicher Genauigkeit und Objectivität bethätigten, wenn nöthig wieder-

holten Untersuchungen und Beobachtungen, die anamnestischen
Erhebungen etc. würden Actenproducte ergeben, welche, ohne
bindende Bedeutung zu haben, doch die Klarstellung der
Sachlage im einzelnen Falle wesentlich fördern würden; sie
würden in ihrer Zusammenstellung mit den Resultaten der
Messungen nach Körpergrösse, Brustumfang und Gewicht etc.
de Gesunden eine Aufklärung geben über den Stand der
Gesundheit und den Entwicklungsgang des Menschenmateriales,
welches eben im Begriffe ist, einen Theil der Armee zu bilden.

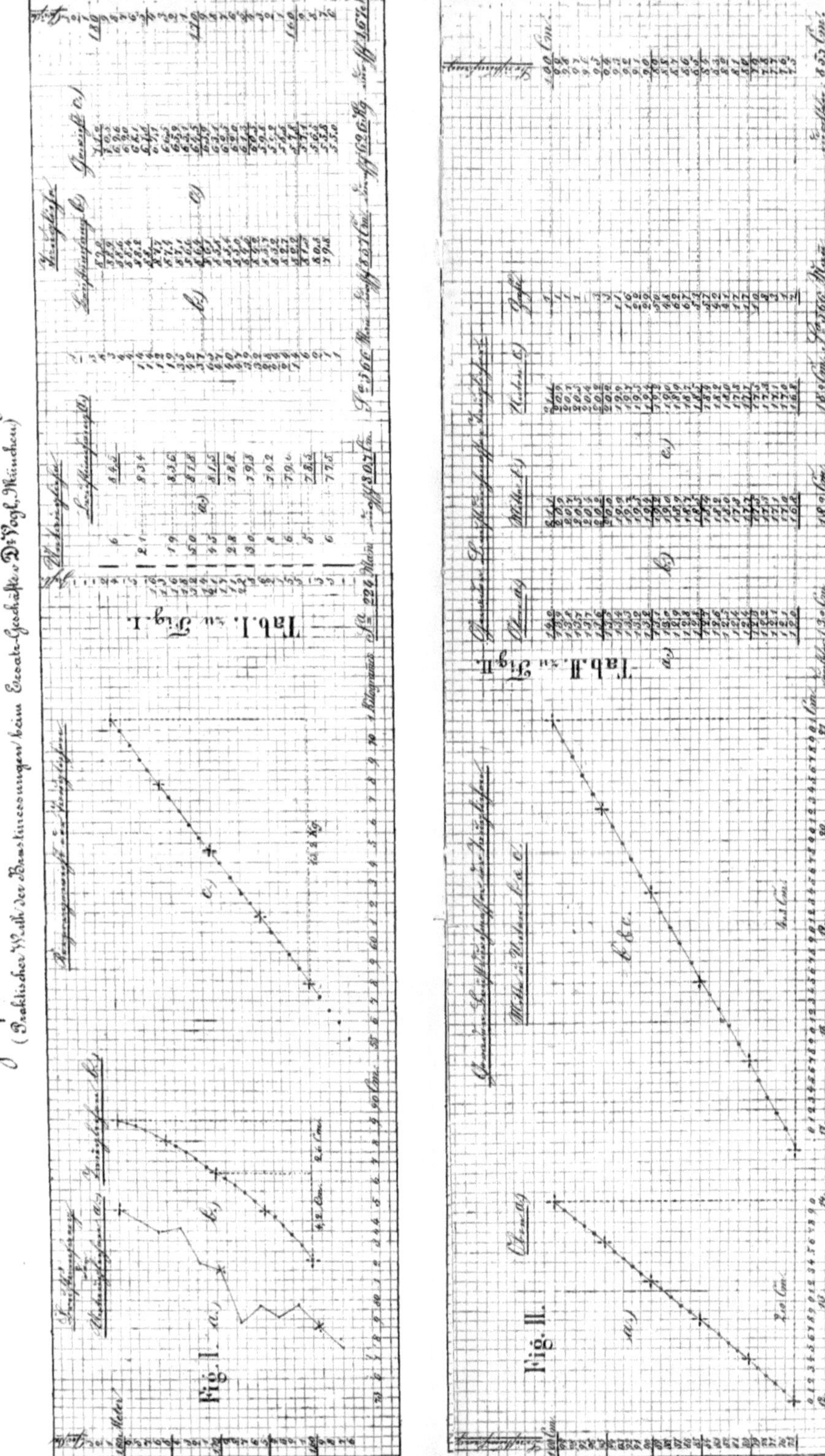

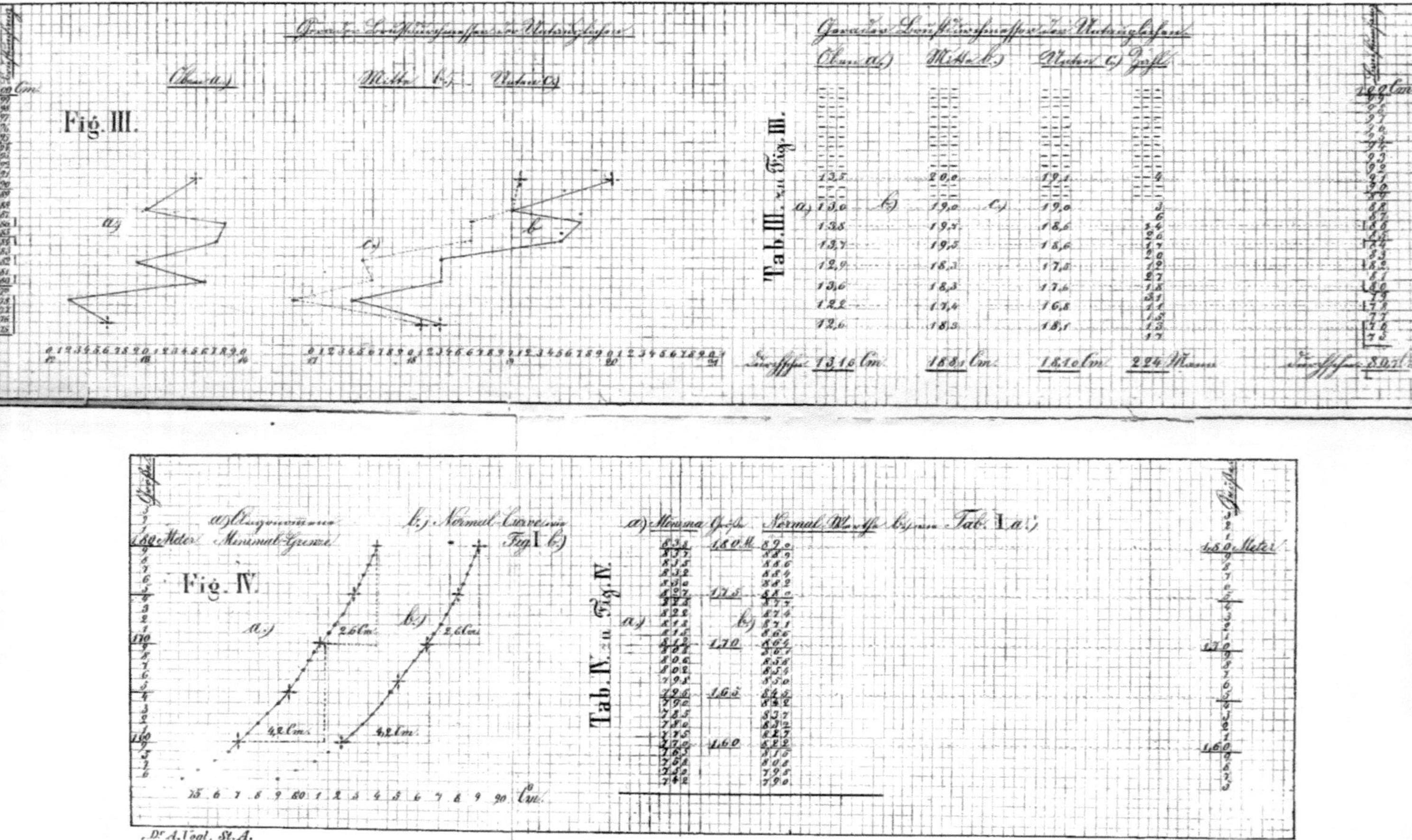
Fig. III.
Tab. III. zu Fig. III.
Fig. IV.
Tab. IV. zu Fig. IV.
Dr A. Vogl, St. A.
Jos. Ant. Finsterlin in München.